GILBERT DELAHAYE
MARCEL MARLIER

martine
au pays des contes

ou **les sept plumes de feu**

Texte de JEAN-LOUIS MARLIER

casterman

- Et si nous allions nous promener ? propose Patapouf, en sautant joyeusement sur le lit.

- A cette heure-ci ? Mais il fait déjà nuit... et en plus il pleut ! répond Martine qui a sommeil. Ne me dis pas que tu veux mettre les pattes dehors par ce temps !

- Qui te parle de sortir ? Je te propose une ballade à l'intérieur... à l'intérieur de ton livre plein d'histoires et de couleurs.

Il était une fois, il y a très longtemps, un brave petit loriot tout vêtu d'or et de jais. Sa maman l'avait tendrement prénommé " Lorinou ".

Un joyeux loriot que celui-là ! Sitôt sorti de l'œuf, ses chants faisaient déjà rire et danser la forêt entière... Mais pour son malheur, dans la clairière voisine, vivait une sorcière. Cette méchante femme n'aimait que le sinistre concert des crapauds, et l'oisillon babillard la dérangeait beaucoup !

Un jour, exaspérée par cette gentille boule de plumes et son gai ramage, elle lança sur lui une poudre magique en disant :

" Oiseau cessera de gazouiller, en garçonnet sera changé.
Oiseau redeviendra, quand les sept plumes de feu réunira "

- Où suis-je ? Je connais ce pays ! Ce qui m'entoure ressemble à mon livre d'image. Je dois rêver, c'est certainement ça. Il y a autour de moi une odeur de papier et d'encre, cela fait une drôle d'impression, d'être dans un livre. Si au moins Patapouf m'avait accompagnée, je me sentirais moins seule.

- Oh ! Là, à droite… j'entends quelqu'un
qui pleure… Ce petit garçon, je le reconnais !
Vite, je saute sur l'autre page.
Un, deux, trois et hop !

- Petit garçon, petit oiseau, ne pleure plus !

- Qui es-tu ?

- Je suis Martine et je sais que ton nom à toi c'est Lorinou.
J'ai déjà lu ce livre qui raconte ton aventure. Je sais que tu
recherches les plumes de feu qui mettront fin au sortilège.
Acceptes-tu que nous les cherchions ensemble ?

A deux, ce sera bien plus facile.

Tout en parlant les enfants s'avancent vers une grande
forêt très sombre.

- Pauvre Lorinou, dit Martine. Tu es le héros d'une bien étrange histoire. Ceux qui l'ont écrite doivent être un peu fous ! As-tu vu les drôles d'animaux de cette forêt ?

- Qu'est-ce qu'ils ont de si étrange ? Chez toi, ils sont différents ? demande Lorinou étonné.

- Oui ! Chez moi ils sont plus… enfin, ils sont moins… Remarque, les animaux d'ici sont très bien aussi ! Oh, Regarde ! Des licornes ! C'est la première fois que j'en vois pour de vrai ! Quand je vais raconter ça à Patapouf !

- Patapouf ? C'est qui ? demande Lorinou.

- C'est… une créature fabuleuse qui vit dans mon pays.

- Attention ! Voici la première épreuve.
Nous devons traverser le grand ravin
en équilibre sur cet arbre. La **première**
plume est là, sur la branche.
- Je me suis toujours demandé
ce qu'il y avait tout en bas…
C'est profond ? s'inquiète Martine.

- Personne ne le sait, le dessinateur
n'y a rien dessiné!
- C'est encore bien plus inquiétant !
dit Martine qui s'avance prudemment.
Encore trois pas, deux pas…Ouf,
nous sommes passés !

9

- Chuuuut ! Sur cette page il ne faut pas faire de bruit. Voici le repaire du chat qui porte un chapeau… C'est le chapeauté. Un lointain cousin du chat botté. Il est grand comme une maison et il a un appétit à avaler tout vifs au moins dix enfants comme nous !

- Regarde, la **deuxième** plume est là ! Il faut l'attraper sans faire tinter les grelots. Ne tombe pas !

- Brrr ! dit Lorinou les chats, ça me hérisse toujours les plumes.

- Ici, il y a du bleu partout. Les arbres sont bleus, l'herbe est bleue,
tout est bleu… Je me demande bien pourquoi.
Les animaux sont bleus pour passer inaperçus car quelque part,
tapi dans l'ombre se cache… le loup bleu.
- Le loup ! C'est vrai ! Je me souviens, dit Martine soudain apeurée.
Cachons-nous vite derrière les branches. Ce bleu ne tache pas
les vêtements, j'espère !
- Inutile de s'attarder. Il n'y a pas de plume de feu sur cette page.
Allons plus loin !

- Voici un château comme dans mes rêves !
- ...et comme dans mes cauchemars !
intervient le vieux jardinier.
Ici demeure la fée Carabosse. Evitez-la, elle
ensorcelle les voyageurs et les oblige à nettoyer
le château des caves au donjon, pour toujours !
- Nous venons chercher la **troisième** plume.
- La plume de feu ? C'est impossible ! Elle orne
la coiffure de Carabosse, dit la princesse Aurore
en pâlissant. Au lieu de vous la donner, elle peut
vous changer en lézard ou en araignée.
A moins que... Par cette fenêtre ouverte ! Je vais tenter
de l'y amener en détournant son attention...

Nous voilà sur la page de l'ogre à la clé d'or.

- Il a l'air d'un dangereux affamé ! dit Martine.

- Garrabouffe ? dangereux ? Oh non ! Je vais te confier un secret :
il fait semblant d'être méchant, mais en réalité c'est mon copain.
Parfois, quand le livre est refermé,
on joue à cache-cache
tous les deux.
Le plus drôle c'est
qu'il est tellement
grand qu'il ne
parvient jamais
à se cacher
tout entier.

- Oh ! Garrabouffe ! Réveille-toi et ouvre-
nous la porte.
Ecarquillant les yeux, l'ogre pousse un
grognement terrible !

- Te fatigue pas mon gros, c'est une amie.

13

- Plus haut ! Encore plus haut ! Je la vois au sommet de cet arbre.
Je la tiens. Je tiens la **quatrième** plume, s'écrie Lorinou !
- Vous êtes tellement gentils de nous avoir aidés, dit Martine.
Venez quand vous voulez chez moi et je vous préparerai
un énorme gâteau ! Les elfes se mettent à rire.
- Nous ne mangeons pas de gâteau, nous ne buvons
que le nectar des fleurs. Si tu le permets nous viendrons
peut-être nous abreuver dans ton jardin, un soir d'été.
Merci pour l'invitation !

- Nous voici dans le territoire du dragon.
Pour un oui ou pour un non, il crache d'énormes
gerbes de feu ! Avec ses bêtises il fait des trous
partout ! Il va finir par mettre le feu au livre !
dit Martine. Si j'étais sa maman je ne le
laisserais pas jouer avec les allumettes !

- La **cinquième** plume est sous
une pierre calcinée. La voici !
- Prends-la, Martine,
et sauvons-nous !

15

- Cette histoire est complètement folle ! Nous quittons le feu du dragon pour nous jeter dans l'océan.

- Plonge, Martine ! Plonge avec moi ! La **sixième** plume est tout au fond, dans le grand coquillage.

Au loin là-bas, la plage de sable blanc et les palmiers, c'est l'île au trésor. Les pirates des sept mers sont venus y cacher coffres, bijoux, tissus précieux et pièces d'or.

16

- Non ! Ce n'est pas possible ! La septième
plume n'est pas à sa place !
- Tout est perdu, se désole Lorinou. Jamais plus
je ne redeviendrai oiseau !
- Ne perds pas courage ! dit Martine. Je pense
que la sorcière A TRICHÉ ! Cette plume se
trouve chez elle et nous allons la lui reprendre !
Voici mon plan. Il faut réunir nos amis…

- Madame la sorcière ! crie Martine. Sortez vite ! Lorinou a trouvé
les sept plumes !

- Vous mentez ! rugit la sorcière. C'est impossible ! Il ne peut les avoir
toutes ! La **septième**, c'est moi qui l'ai ! Elle est ici, dans ma main !
Alors, rapide comme l'éclair, l'elfe saisit la plume. Au même instant
Garrabouffe avale, d'un coup, d'un seul, la sorcière et son chapeau.

- Burp ! Cette sorcière a bien mauvais goût ! dit l'ogre en recrachant
le balai.

- Bravo Garrabouffe ! Bravo petit elfe ! s'exclame Martine. Grâce à
vous nous avons les sept plumes ! Lorinou va redevenir oiseau !
Il faut que je vous embrasse ! Garrabouffe ne se le fait pas dire deux
fois… Il a ôté son chapeau et, quand Martine dépose sur sa joue un
gentil baiser, le géant rougit
comme une demoiselle.

- Enfin redevenir oiseau !
Quelle chance ! dit Lorinou le loriot!
Mes ailes me manquent tellement !
Je vais à nouveau pouvoir chanter
haut dans le ciel. Merci !
Merci à vous tous pour…
Il n'a pas le temps de finir sa phrase
car le maléfice prend fin.
Sous les yeux de Martine
émerveillée, l'oiseau reprend
son vol !
- Envole-toi haut ! Très haut ! crie
Martine. Nous avons réussi !

- Nous avons réussi ! Nous avons réussi !

- Woûaff ! Réveillé par la voix de Martine, Patapouf saute sur le lit pour lui souhaiter le bonjour.

- Oh ! Patapouf ! Si tu savais ! J'étais dans un livre avec Lorinou l'oiseau. C'est formidable, les livres. Quand on sait lire, on fait des voyages merveilleux, on découvre des amis, on vit plein d'aventures.

Patapouf la regarde :

- La prochaine fois, tu m'emmèneras ? dis !
Tu m'emmèneras ?

- Où ? Demande Martine. Dans mes rêves ?

- Non ! A l'école. Je veux apprendre à lire !

ISBN 2-203-10150-4   ISSN 0750-0580
http://www.casterman.com
Imprimé en Belgique par Casterman imprimerie, s.a., Tournai. Dépôt légal : octobre 2000 ; D. 2000/0053/290.
Déposé au ministère de la Justice, Paris (loi n° 49.956 du 16 juillet 1949 sur les publications destinées à la jeunesse).